目錄

旅人們，出發！

翰修

聰明機智、沉默寡言，常常冷着一張臉，為了找回失蹤的妹妹歌麗德而展開旅程。

小紅帽

頭腦簡單的開朗少女，旅人團裏的打鬥擔當。伙拍傑黑旅行，尋找醫治人狼症的方法。

傑黑

擁有大量不同技能的證書，待人溫文親切，患有人狼症，一打噴嚏就會變成可怕的人狼。

1. 有趣歌唱大賽

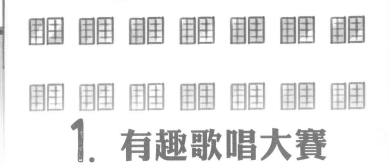

傑黑坐在輪椅上，給小紅帽推着走。一旁是翰修，替傑黑背他的背囊。三人從醫院走出來。

「終於可以出院了。」傑黑說。

早幾天傑黑因為生病，被翰修、小紅帽送進了醫院。經過幾天的治療，他大致**康復過來**，可以出院，不過仍要按時服藥。

「對了，小紅帽，你找來的輪椅很棒，坐得

很舒服呢。」傑黑説，背靠椅背。

「這張  輪 椅 不是你的嗎？我見你的病牀側邊有張輪椅，就抓了來給你坐。」小紅帽説。

「呃⋯⋯ 你弄錯了，它是鄰牀的老伯伯的⋯⋯」

「所以我們偷了別人的輪椅嗎？」翰修説。

三人對看一眼，急步逃走。

他們身處鳥獸國的二元市。國內主要住了兩個族群：**鳥類** 和 **獸類**。

二元市是繁榮的城市，地面固然有很多行人、馬車，絡繹不絕；空中也是充斥了各種鳥類，**交通繁忙**。

「好熱鬧的城市。」小紅帽讚歎道。

兩隻紳士打扮的狗互相打招呼。

「好久不見。」

「對，想不到會在這裏碰到你。」

說罷他們俯下身子，狂嗅對方的屁股。

「**好噁心，我要吐了。**」傑黑說。

小紅帽**臉色發青**，按住自己的嘴巴。

「不就是了。」他們旁邊有兩隻**西裝畢挺**的鴿子，其中一隻搭訕道，「獸類都是沒有文化的動物。」

才說完，另一隻鴿子吐了出來。兩隻鴿子立時像中邪似的，搶吃地上的**嘔吐物**。

「咕咕咕咕……」

「你們也不遑多讓好嗎？」傑黑說。

小紅帽的忍耐到達**極限**，推着傑黑逃奔。

鳥類跟獸類共處了多年，不過兩者始終是兩個族群，不是相處得很好呢。

翰修、小紅帽、傑黑已來了二元市一段時間，但都沒有好好逛一下，於是三人到處走走。

「小紅帽，謝謝你，這幾天那麼細心的照顧我。」傑黑向她致謝道。他們是**兩小無猜**的好友，

雖然小紅帽生性粗魯，但也有溫柔的一面。

「別説這種婆媽的話了！」小紅帽害臊道，拍打傑黑一下，他的靈魂差點沒從嘴巴噴出來。

「傑黑要再住院了。」翰修説。

小紅帽的確也有溫柔的一面，只是這部分比較少就是了。

三人走到一條下坡道。盡頭是塊空地，紮了一個大帳篷，看來有什麼活動要舉行。

「那裏好像有什麼好玩的事情，過去看看吧！」小紅帽興致勃勃的指向前方，因此放開了輪椅的把手。

傑黑隨即順着下坡道滑了下去。

「哇──！」

「**傑黑要訂製棺材了。**」翰修遙望着滑下去的傑黑說。

大帳篷的入口擠了過百隻鳥獸，排隊買票進場。入口掛了一塊板子，寫着「**二元之聲發布會**」。

二元之聲是在二元市舉辦的歌唱比賽，每年舉行一次。優勝者不但能夠得到豐厚的獎金，之後還會獲得無數表演機會，成為**名利雙收**的大明星。因此活動很受矚目。

比賽定在一個月後的夜晚舉行，而今天的發布會會介紹當中的參賽者。

小紅帽自然不想放過這個**湊熱鬧**的機會，奈何排隊的民眾很多，根本輪不到他們進場。

「怎麼辦呢?」小紅帽想,突然**靈光一閃**。

她推着傑黑,強行擠過群眾。

「你想幹嘛?」摔得**臉青鼻腫**的傑黑看着她。

小紅帽沒有回答他,只是突然「哇」的一聲,假裝痛哭。

「請大家讓開好嗎?我的哥哥患了絕症,已經**病入膏肓**,無藥可救。」小紅帽誇張地道,「他的遺願是看二元之聲發布會,你們可不可以行行好,讓我們買票?」

「好可憐哦。」一些鳥獸說。

「還真的有笨蛋上當。」傑黑**冒一滴汗**，低聲對小紅帽說：「你的謊話會不會太誇張？不管怎樣看，我也不像快死吧？」

「是嗎？那我做點工夫吧。」小紅帽舉起拳頭。

「傑黑要向閻王報到了。」翰修說。

因為（不醒人事的）傑黑的關係，三人得以進入帳篷裏。

2. 重遇老朋友

發布會的司儀是一男一女——一隻鴕鳥、一隻老鼠，分別穿着黑色的**禮服** 、紫色的**連身裙** ，主持活動。舞台設在帳篷中心，而觀眾席在四周。

兩個司儀簡單的向觀眾講解發布會的流程：參賽者總共有十組，他們會輪流上台，自我介紹，並進行一段表演。

「我看今年的 🏆**冠軍** 會是獸類呢。」老鼠司儀說。

「怎麼可能？🏆**冠軍** 當然屬於鳥類了！」鴕鳥司儀說。

他們因此吵了起來，罵對方是「🐭**鼠竊狗偷**🐶」、「把頭埋在泥土裏的笨蛋」。鳥類跟獸類總是紛爭不斷呢。

工作人員好不容易才把鴕鳥、老鼠扯開，讓活動進行下去。

第一組參賽者是一隻狐狸。

「我從小就喜歡歌劇，希望成為♪**歌唱家**♪。可是爸爸媽媽一直阻止我追尋夢想。我要用這個比賽證明，我不是癡人說夢！」她 **熱淚盈眶** 道。

「好勵志的故事。」傑黑說。

14

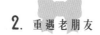

但狐狸的歌聲難聽得很，比**指甲抓玻璃的聲音**還要糟。

小紅帽、傑黑倒下來，頭撞在一塊。

「她的父母阻止她追求夢想，是有理由的。」傑黑說。

第二組參賽者是一家五口的貓頭鷹，表演 無伴奏合唱。

zzzZZZ……

不過觀眾只聽到**打呼聲**，皆因他們都睡着了——他們是晝伏夜出的動物，白天通常在睡覺。

其後的參賽者都是這種水平，**亂七八糟**，叫人發笑。

「這是歌唱比賽還是搞笑比賽？」傑黑說，小紅帽倒是看得很開懷。

傑黑看看時間：「我差不多要吃藥了。」

這時一下吆喝聲響起來。

「咿哈——！」

一頭女性老虎帶領七八頭大型貓科動物，跑上舞台。她們清一色是女生，穿着帥氣的牛仔服飾，**英姿颯颯**。

「大家好，我是奈奈！」女性老虎以**開朗**的聲音介紹自己。

奈奈是第八組參賽者，表演唱歌跳舞。其他貓科動物是小提琴手、舞蹈員，幫忙伴奏、伴舞。

「你們好帥啊！」小紅帽大呼道。

「她似乎有點看頭呢。」傑黑説。

果然，奈奈帶來了**精彩絕倫**的歌舞表

16

演：她跟舞蹈員身穿**色彩奪目**的牛仔裝束，載
歌載舞，給人歡欣的感覺；在急速的小提琴聲帶動
下，很多觀眾站了起來，跟着奈奈律動、起舞。

　　最後奈奈安排一匹白馬奔上舞台。她瀟灑的
跨上白馬，以一聲「**咿哈**」結束演出。

觀眾席隨即爆發 **強烈的掌聲、歡呼聲**。

「這樣的表演才像樣啊!」傑黑高呼道。

即使觀眾席**吵**得不像話,翰修仍然沒有睜開眼睛。

「奈奈這麼棒,大概不會有參賽者能超越她吧。」傑黑心想。

正當他這樣想,兩面傳來一些叫聲。

「費林明高!費林明高!……」

費林明高是第九組參賽者,他的支持者在叫喚他的名字。

接着工作人員弄熄所有燈火,帳幕頓時**陷入漆黑之中**。

隔了一會,舞台響起**強勁的搖滾樂**。

「給、我、朱古力!」費林明高歌唱道,一句

廢話也不説。

那是他創作的歌曲,名為《給我朱古力》。

話音一落,幾把 **火炬** 點起來,照亮整個

舞台。

費林明高是一隻紅鶴,他那粉紅

色的身體罩着 **深黑的皮衣,**

對比鮮明;他的樂隊也是

鳥類,一身黑衣。他們

分別打鼓、彈奏結他、

鋼琴,合奏出 **澎湃的**

音樂♪。

「給、我、朱古力！給、我、朱古力！……」費林明高 聲嘶力竭 唱道。

由於這句歌詞很容易上口，不少觀眾跟着他唱道：「給、我、朱古力！給、我、朱古力！……」

歌聲讓帳篷也 震動 了。

費林明高的搖滾樂與奈奈的歌舞不相伯仲，難分高下。

過了良久，大家仍然 沉醉 於奈奈、費林明高的表演。

因此沒有太多觀眾注意到，第十組參賽者已經上台。

「我是安哥拉。唱歌是我的生命。」

他笑道。

聽到這句話，翰修打開一隻眼睛。

安哥拉是一隻 **蝙蝠** ，帶了一把斑鳩琴上台，自彈自唱。

「他哪裏像蝙蝠啊？」傑黑說。

橫看豎看，安哥拉也是人類，而且是俊男，不像蝙蝠……

安哥拉的歌藝其實不錯，有如夏天的清風。只是排在風格強烈的奈奈、費林明高後面，不免吃虧，比了下去。

好些觀眾大打**呵欠**，甚至有動物提早離場。

「謝謝。」演唱完畢後，安哥拉鞠躬道。那時觀眾已走了近半，發布會也隨之結束。

「走吧。」翰修站起身來。

「你覺得安哥拉表現得怎樣？」傑黑隨口問。

「普通。」

「是啊？**我還以為你喜歡他呢。**」小紅帽說。

三人步出帳篷。傑黑自覺不需要輪椅，送了給人，背囊也自己背回去。

「**等一等！**」在他們通過門口前，安哥拉高聲道。

傑黑停下來，轉身說：「你在叫我們嗎？」

安哥拉點點頭，望着翰修。

「你是小翰吧？你有個妹妹，叫歌麗德。」

他跟翰修是舊識。

「小翰──？」小紅帽、傑黑同時驚道。

即使 **神經大條** 如小紅帽，也不會叫翰修

「小翰」。

3. 旅人團出謀制勝

「我不認識你，你認錯人了。」誰想到翰修說。

「不要鬧了，你明明就認識他……」傑黑說。

重遇故人的安哥拉十分高興，把翰修、小紅帽、傑黑拉回他的家。

安哥拉的家是普通的房子，跟人類的沒有太大分別，唯一不同之處是沒有牀。他平時是倒掛

在天花板上睡覺的。

　　傑黑端視着他。

　　「我的臉有什麼東西嗎？」安哥拉問。

　　「不，我只是有個疑問，你真的是蝙蝠嗎，怎麼一點也不像？」

　　「我當然是蝙蝠了。」安哥拉攤開雙手，展示他的翅膀。看起來像披肩什麼的。

　　「我的牙齒也是尖銳的。」他露出牙齒，「我是貨真價實的蝙蝠，雖然外貌跟一般蝙蝠有點不同。」

「是差很遠好嗎？」傑黑說。

隨後安哥拉拿出水果，招待三人，並敘述他跟翰修的往事：他們本來是鄰居，經常一起玩耍，感情要好。後來他跟家人搬家到二元市，雙方因此**各散東西**。

「你變了很多呢，以前你不是這麼冷冰冰啊。」安哥拉一手繞着翰修的脖子，**狀甚親暱**。

他望向小紅帽、傑黑：「你們知道嗎，以前小翰非常 **可愛**。他很喜歡小動物，常常把兔子、松鼠帶回家裏養，還會抱着他們睡覺呢。」

小紅帽、傑黑的腦海出現可愛的翰修，**不寒而慄**。

「安哥拉掌握了翰修的 **黑歷史**。」小紅帽跟傑黑低語。

「難怪翰修不肯認他了。」

目前安哥拉從父母的住處搬了出來，為實現**理想**而打拼。他希望能成為歌手，一輩子不停唱歌。

「**唱歌是我的生命**。」安哥拉説。

所以他會參加二元之聲，那是最好的途徑。

「跟你聚舊是一件開心的事，但我們要走

27

了。」翰修站起來。才剛坐下來不久，他就要離開了。

「你也太**不近人情**了吧？」小紅帽把他按回座椅上，「你不是應該幫安哥拉勝出比賽嗎？你們可是好朋友啊！」

翰修**不由自主**地憶起小時候安哥拉對着他一面唱歌，一面彈斑鳩琴的情景。他的歌聲不但美妙，還有**療癒的力量**。

「我們不能留下來。」翰修對小紅帽說，「我們還有事情要做，你忘了嗎？」

翰修、小紅帽、傑黑正在尋找歌麗德——她在不久前**神秘失蹤**了。因為傑黑要住院，所以他們暫時中斷了旅程。

「沒關係，我想我有能力取勝。」安哥拉笑

道。

「你絕對沒有。」小紅帽說。

「哈哈，你**坦白**得好可怕。」安哥拉說，望着翰修，「你去忙你的事情吧，我送你們出城。」

「**不可以！**」小紅帽固執道，攔住了門口。她是重情重義的人，不能忍受翰修不幫助朋友。

「傑黑，你去叫她走開。」翰修朝傑黑望去。

「你來評評理，傑黑！」小紅帽也向他求助。

只見傑黑抓着藥瓶，**仰頭**喝着藥水。

他吞下藥水。

「我該吃藥了。」

傑黑還沒有痊癒，要定時吃藥。

「想不到藥水的味道挺不錯。——嗝。」

他突然打起嗝來，小紅帽感到不對勁。

「你沒事吧？」

「你在說什麼，我當然沒事了。不，不只沒事，**我還好得很！**」傑黑說，大笑了起來，「翰修，你跟安哥拉分別了那麼多年，仍然可以重遇，實在是奇蹟！我們應該感恩！事實上在茫茫人海裏，我們能夠相遇，成為朋友，是天大的奇蹟！」

「你的陽光氣息令我想吐，你肯定有什麼不妥。」小紅帽說。

才剛說完，傑黑情緒突然改變，痛哭了起來。

「可惜我們即將要跟安哥拉分開，不知什麼時候才能再見！」

「你在哭什麼？」翰修皺眉道。

「要哭也是我或者小翰吧？」安哥拉說。

傑黑哭了又笑，笑了又哭，變得比被人

更敏感。

翰修搶去他的藥瓶。

「我想這是藥水的副作用。」他**晃動**瓶子。

「這下子我們就不能走了！」小紅帽發出哈的一聲，「接下來幾天傑黑都要吃藥，讓這樣的他跟我們一起上路，會很麻煩吧？——我怕我會忍不住把他揍扁！」

傑黑趴了下來，抓着小紅帽的腿，**流着鼻涕**說：「我們要做一輩子的好朋友……」小紅帽不停

擺動着腿想讓傑黑鬆手。

小紅帽的話無法**反駁**，翰修不得已說：「好吧，我們再停留幾天。」

「順道幫安哥拉贏比賽。」小紅帽接腔道。

「唉。」

「太好了！」傑黑**又哭又笑**，「我已經愛上了二元市，不想離開！」

安哥拉很高興好友留下來，一面彈斑鳩琴一面唱歌：「啦啦啦啦……」

「不要再靠近我，傑黑！」小紅帽**怒吼**道。

看着這個混亂的場面，翰修有點後悔了。

4. 改造安哥拉

　　發布會跟正式比賽之間隔了一個月，那是參賽者的 **宣傳期** 。在這段時間裏，參賽者能用任何方法宣傳自己，爭取大眾支持。

　　到了比賽當日，參賽者會再雲集在大帳篷，表演一遍，進行 **競賽** 。最後會由現場觀眾決定勝負，根據參賽者的表現，以門票投票，選出第一名。

「因為大家都想參與活動，往往在比賽前兩三天就開始排隊買票。」安哥拉說。

翰修在了解狀況後吃顆**草莓糖果**🍓，並思考如何取勝。

「關鍵是這一個月的宣傳期。」傑黑對安哥拉說。藥水的副作用已經過去，他變回了正常。「我們要想法子令大家**認識你，喜歡你。**」

「你們認為我應該怎麼辦？」

「我的意見是，你現在的打扮太沉悶了，一點看頭也沒有。」小紅帽搖身一變，變成花枝招展的形象顧問，對安哥拉評頭品足，「如果沉悶是一種罪，你的程度可以判處死刑。你首先要做的，是換個造型。我在這方面公認是專家（？），讓我替你改頭換面吧！」

安哥拉總覺得小紅帽不是那麼可靠，不過看她胸有成竹的樣子，應該有什麼把握吧。

「那麻煩你了。」

第二天一早，小紅帽把安哥拉去服裝店，添置新裝。翰修、傑黑跟在他們後面。

「這是什麼一回事？」安哥拉問。

小紅帽讓他平擺雙手，掛上一隻隻衣架。

「服裝的用料未必要是布，也可以是其他東西，像衣架。」小紅帽解説道，並在他的身體夾上衣夾，「或者衣夾。」

「你是在作弄我嗎？……」

「你先看看大家的反應，之後再質疑我也不遲。」

幾個顧客在店子裏購物，頻頻向安哥拉看去。

「他們都給你迷住了。」小紅帽説。

「這個男的是**蠢材**嗎？」「變態。」那些顧客低聲道。

「我的設計太前衛了，世人都看不懂。」小紅帽説。

*「你的設計爛透了。」*安哥拉拿掉身上的衣夾、衣架，轉頭問翰修：「我真的要改變嗎？不能以真正的我參賽嗎？」

「説實在，我覺得你原來的樣子沒有什麼不好。」傑黑**插嘴**道。

「沒有人問你意見。」小紅帽説。

「這次比賽你有兩大對手，奈奈和費林明高。」翰修緩緩道，「他們的表演都很出色，**出類拔萃**。太平淡的演出是不可能勝過他們。」

37

他也認為安哥拉要變。

「好吧。」安哥拉**心不甘情不願**道，讓小紅帽繼續改造他。

「不過小紅帽能不能幫助你，是另一回事。」翰修想。

安哥拉的宣傳策略是跑到不同地區，作**街頭表演**讓民眾認識他的音樂。

「這個做法有用嗎？」傑黑問翰修。

翰修**聳聳肩**，不置可否。

碼頭上，安哥拉一邊演奏斑鳩琴，一邊高歌。小紅帽讓他套上啡色的風衣，掛上紅色頸巾，恍如豎立的熱狗。

儘管碼頭**人來人往**，但誰也沒有停下來，

欣賞安哥拉的演出。（因為熱狗的緣故。）倒是有大群 **小麻雀** 聚集在他身邊。（因為熱狗的緣故。）

「你的歌太無聊了。」小紅帽批評道。原本她也想為安哥拉挑選歌曲（她自稱是這方面的專家），不過被他堅決的 **拒絕** 了。

六七隻小麻雀在安哥拉的腳邊 **跳 動**，忽然同時拍翼飛走。

原來，一個男子偶像組合來碼頭坐船。他們的歌迷 **瘋狂的尖叫**，把牠們嚇跑了。

六七個記者跟在他們後面，採訪他們。

這個組合叫「動物園」，憑着俊朗的外表，不足一年就走紅，**風靡** 萬千少女。他們不但在二元市有很多演唱工作，其他城市也爭相邀請他們表演。現在他們就是要去市外工作。

動物園有三個成員，分別是鹿、貓、猴子。他們全是去年二元之聲的選手，其中鹿是勝利者，擔任隊長。

「」

每當有成員微笑，或撥弄毛髮，都會引來一陣尖叫。

「**好吵。**」傑黑兩隻手指塞住耳朵。

「他們的妝好重，是在扮演小丑嗎？」小紅帽說笑道。

不一會「動物園」徇眾要求，獻唱一曲。

「」

又是一陣叫嚷。

在滿足過歌迷後，他們登上包船離去。

「他們的歌聲好普通。」傑黑說。

4. 改造安哥拉

「那個隊長還要是二元之聲🏆**冠軍**。」小紅帽說。

「我也搞不懂，他們為什麼那麼紅。」安哥拉說。

翰修拍拍手。

「別管他們了，去吃下午茶，休息一下吧。」

「好啊！」小紅帽跳起來。

「我順便講講，贏得二元之聲冠軍的要訣。」翰修說。

「**你找到*勝出的要訣*？**」小紅帽、傑黑、安哥拉說。

翰修認為安哥拉的宣傳策略並不管用，做了也是白費功夫。

要**脫穎而出**，應該針對比賽的制度，定出對策。

5. 致勝竅門

　　大伙兒去了糕餅店吃下午茶。翰修點了一塊草莓蛋糕，但侍應弄錯了，送來了一個完整的蛋糕。

　　翰修照吃不誤。**嗜甜如命**的他，不管多少甜食也吃得下呢。

　　「你們認為，怎樣才能在二元之聲獲勝？」翰修叉起一塊蛋糕，**塞進嘴裏**。

45

「當然是唱歌比其他選手動聽了。」傑黑説。

「不對。」翰修搖晃着叉子,「假如選出冠軍的是專業人士,也許像你説的那樣,歌要唱得好。但現在擔任評判的是**普羅大眾**。一般人不會想那麼多,只是憑整體感覺選擇第一名。所以整體感覺才是重點,其中包含 歌藝 、 形象 、 親切感 ,甚至乎其他元素佔的比重可能比歌藝都多。」

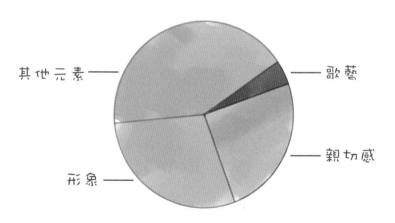

普羅大眾對二元之聲參賽者的選擇要素

「有道理。」小紅帽説。「動物園」的隊長就是現成的例子，歌喉不怎麼樣，卻贏了比賽。

翰修對安哥拉説：「你這段時間要做的，不是**街頭表演**。你應該盡量參與大眾關注的活動，提高名氣。那些活動跟唱歌有沒有關係，並不要緊，最重要是讓人知道你的存在。

「另一方面，你要塑造一個形象，吸引大家愛上你。奈奈、費林明高都有這樣的形象，像奈奈是『**好動**』，費林明高是『冷酷』。你也要找一個。」

「你覺得『溫暖』怎麼樣？」傑黑提議道。

「這個形象可以。」翰修説。

「即是直至比賽之前，我都不用表演，只要參加公眾活動就夠？」安哥拉問。

「與其花時間表演，不如專心增加你的名
聲。」翰修說。

「唔……」

翰修連吃幾口蛋糕，掏出一本記事簿。

「這是從剛才其中一個記者身上『借』過來。
簿子記了這幾天記者會去採訪什麼活動。」

「你這個『借東西』的**壞**習慣可不可以改掉？」傑黑説。

翰修翻開記事簿，指着一處。

「後天會有慈善團體安排義工團探訪老人院，我們也過去吧。」

「探望老人可以為安哥拉建立 的形象。」傑黑拍手叫好。

「好的……」安哥拉説。

事情談得差不多，翰修也吃光他的蛋糕。

「你的肚皮**好大**，就像懷孕了。」小紅帽戳戳他的肚子。

「我想接下來兩三天我也不用吃東西。」

「一開始你就不應該吃一個蛋糕！」傑黑**哭笑不得**。

安哥拉望着枱面發呆。

他不是不理解翰修的想法。的確，二元之聲跟大部分才藝比賽一樣，比的是 人氣 ，而不是 歌聲 。

「但照翰修的說法去做，真的好嗎？……」

兩天後，一行人在記事簿所記的時間去老人院。

「其實平常我也會做義工。」安哥拉說。

「很好，一早就進入你的角色。」傑黑嘉獎道。

「我真的有做義工……」

到了老人院，烏龜院長認得安哥拉。

「你又來幫忙啊。」她對安哥拉說。

50

傑黑用肘子撞撞他。

「聰明。事前跟院長串通好。」

「我沒有啊。」安哥拉沒好氣道。

未幾義工團和記者也到達老人院，當中竟然有她──

「我認為老人是智慧的寶庫，可惜他們往往得不到應有的尊重。」奈奈跟院長握手，身邊是兩頭灰熊保鑣。幾個記者記下她說的這句話。

奈奈的家很**富裕**，而且與演藝行業有淵源——鳥獸國有幾家大型演藝公司，她的父親是其中一家公司的老闆。

在愛女表示她要參加二元之聲後，他立即動用公司的資源支援她。

「咦，**你怎麼會在這裏？**」奈奈望見安哥拉，朝他走去。

「我是來做義工的。」

「很棒呢。」奈奈握着他的手，「我們一起努力，令這個社會更關心老人吧！」

一個記者跟另一個記者交談。

「這個男的是誰？」「不知道哩。」

傑黑介入他們中間。

「他是安哥拉，和奈奈一樣，是二元之聲的

參賽者。安哥拉很有，平時會做義工，

幫助有困難的人……」

旅人團**各司其職**，幫安哥拉爭勝……

小紅帽走近奈奈，抬起手臂。

「我是你的支持者，不曉得你能不能在我的

手臂簽名？」

「好呀。」奈奈笑道。

「你不要**長他人志氣**好嗎？」傑黑大喊道。

旅人團各司其職，幫安哥拉爭勝，但不包括小紅帽。

簽過名後，奈奈和安哥拉道別，與義工團會合。

「今天老人院不是應該只有我一個主角嗎？怎麼安哥拉會跑過來？」奈奈 **壓低聲線**，質問她的狗助手。

「我也不曉得，他是擅自過來，沒有跟慈善團體聯絡。」她吞吞吐吐地小聲道。

「沒用的廢物，**你被開除了！**」奈奈說。院長跟她對上眼睛，她馬上堆起笑容。

二元之聲是印象之戰，每個參賽者都用盡一切方法，建立最好的印象。

54

老人院只有一層樓，因為住客都上了年紀，不太能走動。

「午飯做好了！」職員搖動一隻鈴子，呼喚道。現在是午膳時間。

安哥拉攪扶着拄拐杖的鶴婆婆，到飯廳用膳。

看看奈奈，她抱起了坐輪椅的山羊伯伯，走去飯廳。

「**我們不能輸她！**」傑黑說，然後叫安哥拉把午飯送去住客的房間。

不料奈奈更**殷勤**，動手餵房間裏的住客吃東西。

「好強的敵人。你去替沒有牙齒的老人咀嚼食物，然後──」傑黑說。

「拜託你不要說下去。」安哥拉倒胃道。

「鳥媽媽也是這樣餵小鳥呀！」

吃過午飯後，奈奈跟一眾老人在飯廳玩遊戲。

安哥拉覺得這是**一展歌喉**的好機會，趁空檔時跳出來。

「接下來讓我唱幾首歌，希望你們會喜歡。」

「吓？」「吓？」只是老人們的**耳朵不太靈光**，「吓」個不停。

為了能引起共鳴，安哥拉選了老歌來唱。

「這首歌大家應該都會唱，跟我一起唱吧！」安哥拉説。

可是觀眾毫無反應。過了好一會，才有一聲回應。

「**吓？**」

幾個記者覺得一點意思也沒有，逕自聊天。

「失敗。」傑黑拍拍自己的額頭。

「哈哈，大家好像都睡着了。」奈奈把安哥拉推開，「**讓我幫你們提起精神吧！**」

奈奈賣力的又唱又跳，把呆滯的氣氛**炒熱**起來。因為她中氣十足，動作又大，所以能引起眾人的注意。

「奈奈女王！」「我愛你！」奈奈的支持者不知何時趴了在窗子外，呼叫道。她們都是女生，有貓、狗、牛、羊和小紅帽（？）。

本來在閒聊的記者立刻拿出紙筆，記錄這件事。

「我們輸得**一塌糊塗**啊。」傑黑甘拜下風。

比愛心的話，奈奈或者會輸給安哥拉。但論到**譁眾取寵**，安哥拉拍馬也追不上她呢。

當晚小紅帽因為叫得太累，不消一秒就睡着了。

安哥拉的家只有一間睡房，讓了給她睡覺。其他人則睡在客廳。

傑黑也在吃了藥後睡去。

翰修坐在屋前，仰望月光。

不久安哥拉端着兩杯飲料，走到屋外。他把一杯飲料遞給翰修。

「我不渴。」但翰修説。

「這是草莓奶。」安哥拉説。

「謝謝。」翰修對草莓沒有抵抗力，接下牛奶。

兩個好友並肩而坐。

「歌麗德是不是出了事？」安哥拉問。

翰修沒有説明他們有什麼事要辦，但安哥拉猜出事情大概和歌麗德有關。翰修一向很疼愛妹妹，就算他改變再多，這一點也不會變。

「嗯。」翰修應道，沒有多説什麼。

安哥拉尊重他的緘默，沒有追問詳情。

「如果事情很緊急，你們大可離開，不用管我。」

「我們會留下來，直至比賽結束。」翰修說，他其實不是那麼鐵石心腸，「當初我所以沒有提出幫助你，是因為我了解你的個性——我知道你不會接受幫忙。」

安哥拉會心微笑。

「你錯了。我現在不就讓你們幫我了？」

他們默默的喝着草莓奶，剎那間像回到兒時的歲月。

6. 高空失事

　　其後一星期，翰修讓安哥拉出席一個又一個活動，宣傳自己。

　　翰修又要安哥拉行善，樹立 溫暖 的形象，像為迷路的小孩找父母、替大象挖鼻孔（？）、頂替稻草人守護農田（？？）……

　　「**這樣是不是做過頭了？**」在替黃牛大漢排隊買馬戲團門票後，安哥拉問翰修。

63

「你聽我的就對了。」

這些努力漸見成果，安哥拉的名字逐漸為人認識。

「這份報紙説，在所有參賽者裏，你的聲勢排名第三位。」小紅帽揚揚手中的報紙，向安哥拉報喜訊道。他們正在安哥拉的住所吃早餐。

「但和奈奈、費林明高仍有一大段距離。」安哥拉説。

「你居然會看報紙？」傑黑對小紅帽説。

「我本來在看漫畫專欄，不經意看見安哥拉的新聞。」。

傑黑把頭湊近報紙。

「咦，貓頭鷹一家宣布，因為私人理由，他們要退出比賽。」

「是啊。」安哥拉説。

翰修在紅茶裏放好幾顆方糖。

「加上之前有參賽者出意外，不能作賽，比賽人數只剩下八組。」傑黑捏捏手指數着道。

「那奈奈勝出的機會不就增加了？」小紅帽握拳。

「到底你站邊在哪一邊？」傑黑問。

「我是支持安哥拉啦。」小紅帽答道，「不過更支持奈奈罷了。」

翰修略皺眉頭，在茶裏再放一顆糖。

有肉店找了安哥拉駕駛 **熱氣球**，在市上繞圈，替店子賣廣告。氣球做成了火腿的樣子，並畫有肉店的招牌。

所以，一小時後，他們登上了熱氣球。

傑黑是駕駛員，負責控制熱氣球飛行。他用燃燒器加熱氣球內的空氣，令氣球 **上升**。

「你竟然會駕駛熱氣球，佩服佩服。」吊籃內，安哥拉對傑黑說。

「我會的事情很多。」傑黑**自豪**道，「基本上，你能說出來的技能，我都考了證書。」

「做得好不好就不能保證。」小紅帽說。

熱氣球乘着**氣流**，在天空翱翔。他們底下是密密麻麻的房子，看起來就像模型。

「風景好美啊！」小紅帽眺望地平線，驚嘆道。

不少鳥獸抬起頭，觀看熱氣球。

「廣告的成效可能不錯呢。」傑黑說。

才說完，熱氣球發生**劇烈的動盪**。

「怎麼了？」安哥拉抓着吊籃邊沿。

接着熱氣球失去控制，*快速下墜*！

「**氣球破了一個洞！**」翰修仰頭道，指出問題所在。

氣球頂部不知什麼原因破了個洞。由於熱空氣從破口流走，令氣球不能保持**浮力**。

傑黑嘗試讓熱氣球穩定下來，可惜勞而無功。

「完蛋了。」

從這個高度摔下來，絕對會有重大的**損傷**。儘管安哥拉會飛，但他的力氣太小，無法救起其餘三人。

不遠之處有座教堂，**錐形的鐘樓**拔地而起，離他們約七八米。

「你能不能把熱氣球移向鐘樓？」翰修問傑黑。成功的話就可以跳上鐘樓，**脫離險境**。

「不行，熱氣球已經無法操控。」傑黑失望地道。

「慢着，我有辦法！」絕望之際，小紅帽叫道，並從身上抽出一條**麻繩**——她總是藏着形形色色的武器。

小紅帽抓着麻繩，打個繩圈。她打算用繩圈套住鐘樓，牽制熱氣球。

熱氣球猛然**擺了幾擺**，吊籃隨之搖動起來。小紅帽差點沒跌出去，幸好安哥拉捉住了她。

小紅帽穩定身子，緊緊盯着鐘樓。他們跟鐘樓隔得**愈來愈遠**，機會只有一次。

小紅帽深深吸一口氣，像牛仔般拋出繩圈。

「**咿哈！**」她學奈奈大嚷道。

翰修、傑黑、安哥拉抓緊自己的手。

幸運地，繩圈套住了鐘樓。他們立時**振臂歡呼**！

小紅帽迅速的把麻繩尾端綁在吊籃上。在鐘樓的**拉扯**下，熱氣球走起了弧線來。情形有如用圓規畫圈，鐘樓是軸心，熱氣球是筆。

小紅帽的計劃奏效，熱氣球下降的速度放緩了很多。

然而她忽略了，下面全是樓房。當熱氣球掉到某個高度，無可避免的撞上一棟房屋！

「不好了！」他們相擁起來。

吊籃掃過屋頂，撞倒一排排瓦片，瓦片像**流水**般**傾瀉下來**；他們也跌出籃子，沿傾斜的屋頂滾下來。

好在屋子不是太高，沒有對他們造成什麼傷害，只是痛死了而已。

翰修、小紅帽、傑黑、安哥拉都 **平安無事**，結果算是很不錯。

最終火腿氣球掛了在一家素食店上，不能説不諷刺。

事故引來大量鳥獸，安哥拉的父母聽到消息也跑過來。

「我沒事啦。」安哥拉叫他們安心。

傑黑看看安哥拉，又看看他的父母。他的父母一看就知道是 蝙蝠 ，毛茸茸的，和安哥拉一點也不像。

「你真的是他們的兒子嗎？」

「我們當然是父子了。」安哥拉的父親摟着兒子的肩膀，「我們完全是餅印一樣。」

「絕對不是。」

安哥拉的母親對兒子說：「你不要參加二元之聲了。我聽鄰居說，這個比賽受到，參賽者都會交上惡運，不停碰到倒霉的事。」

「我才不相信什麼詛咒。」他握着母親的手，「我的夢想是當歌手，在，沒有事情能阻擋我。」

小紅帽跟翰修說：

「詛咒的說法好像有點根據。前陣子有參賽者發生意外，今天又有熱氣球失事。」

「參賽者確實遇到不少 事故 。」翰修說。

7. 各出奇謀

　　翰修表示有事情要跟安哥拉說，於是到他父母的家作客。

　　安哥拉的母親特地為他們烤她最拿手的餡餅，翰修說她的餡餅是全世界最美味。

　　「你跟以前一樣可愛，**嘴甜舌滑**。」她笑道。

　　小紅帽、傑黑的腦海出現可愛的翰修，不寒而慄。

吃完餡餅後，他們進入安哥拉搬家前的房間。

「 **熱氣球失事** 不是意外，是人為的？」
安哥拉說。

翰修點一下頭。

「你其中一個對手想取得勝利，所以做這種
事。比賽並沒有受到 **詛咒**，是他在一個一個的
剷除敵人。」

傑黑把頭湊近報紙。

「咦，貓頭鷹一家宣布，因為私人理由，他
們要退出比賽。」

「加上之前有參賽者出意外，不能作賽，比
賽人數只剩下八組。」傑黑捏捏手指數着道。

那些退賽的選手都是被犯人逼走，而安哥拉是最新的 **受害者**。

「那個犯人是誰？」安哥拉追問。

翰修沒有直接回答他，問小紅帽：「第一組退賽的選手是誰？」

「一隻鴨子，他因為 溺水 而要休養。」

「第二組選手呢？」他問傑黑。

「貓頭鷹一家。」

「他們都是 鳥類 。」安哥拉喃喃地道。

「沒錯，受害者都是 **鳥 類** 。所以我推測，犯人也是鳥類。」翰修剖析道，「他先後用不同的手段，逼同類退出。這樣不但能減少競爭對手，還可以吸納對方的支持者——因為一般來説，鳥類都支持鳥類。獸類也一樣，像奈奈的支持者就都是獸類。」

另外，弄破火腿熱氣球的犯人，只能是**會飛的動物**。犯人最有可能是鳥類。

「假如犯人是鳥類，那人選就只剩下他了。」傑黑説。

原本十組參賽者，有七組是獸類（包括安哥拉），三組是鳥類。

「對，那個**大熱門**。」翰修説。

78

陰暗的地下室裏，穿着黑衣的麻鷹給老大踩在地上。

地下室是樂團練習的場地，放了結他、鼓等樂器。

「你怎麼搞的，安哥拉居然一點損傷也沒有？」老大**憤怒**道。這個老大就是費林明高。

因為毛色的關係，紅鶴往往給人可愛的印像。但紅鶴其實是鐵錚錚的**「硬漢」**。

這種鳥類極之硬朗，能在極端的環境生存，像在某些有毒的湖泊棲息，或飲用接近沸點的**滾水**。

那個設法弄走其他選手的犯人，正是費林明高。是他吩咐麻鷹抓破火腿熱氣球。

「我是不會罷休的，安哥拉！」費林明高緊抿鳥喙。

7. 各出奇謀

熱氣球事故後，翰修、小紅帽、傑黑、安哥拉大大提高警覺，慎防費林明高**再下毒手**。

這天翰修替安哥拉報名，參加一個馬拉松飛翔比賽。賽事起點是一座高山，可以俯瞰半座二元市。

到了山頂後，翰修對安哥拉耳語。他有新的招數，增加安哥拉的勝算。

「我真的要說這種話？」安哥拉不確定道。

「若果你想贏。」翰修說。

「究竟翰修要安哥拉說什麼？」小紅帽、傑黑都很好奇。

眾多雀鳥集合在山頂，等待比賽開始。安哥拉落力的擠進鳥群裏。

「*你好啊，兄弟！*」他邊走邊打招呼，

還想跟他們擊掌。只是誰都不理睬他。

「你跑過來幹嘛？」「誰跟你是兄弟。」一些雀鳥類**不悅**道。他們認為飛翔比賽是鳥類的事情，安哥拉不該出現。

「為什麼我們不是兄弟？我也是鳥類啊。」殊不知安哥拉説。

「吓？」小紅帽、傑黑**大吃一驚**。翰修捂着他們的嘴巴。

「你怎麼會是鳥類？」「你明明就是獸類！」鳥群**騷動**起來。

「我怎麼會不是鳥類？」安哥拉反問道，「我擁有翅膀，可以在 **天空飛行**，不是鳥類是什麼？」

鳥群一下子靜了下來，他的話聽起來不無道

理。

「**大家一起加油吧！**」安哥拉説，並帶頭高歌，鼓舞鳥群。

歌聲讓大夥兒 **打**成一片。

「咦，你是不是參加了二元之聲？」「我成了你的歌迷了。」一些女生對安哥拉説。

翰修滿意地微笑。這就是他的策略，讓安哥拉對鳥類自稱鳥類，拉攏他們。

「貓頭鷹一家、鴨子的票可不一定流向你，費林明高。」翰修想。

蝙蝠是一種 **曖昧** 的動物，獸不像獸，鳥不像鳥。

因此安哥拉在成長的過程裏，一直受身分認同問題困擾——他理應屬於獸類，但身體卻有鳥

類的特徵，令他不曉得自己是誰。

　　不管是獸類還是鳥類，他都沒有法子融入。後來是唱歌讓他找回**自我**。

　　誰想到，如今這個問題成為他的優勢，為他拉票。

　　隔天他們走到海灘，和民眾交流。

　　「酸痛死了。」安哥拉捶背道。昨天他飛了大半天，**累到**不行呢。

　　海灘上的泳客大多是狗科動物，或游泳，或曬太陽☀，或追逐飛碟。

　　七八隻狗在某處打排球，翰修推推安哥拉。

　　「我可以加入嗎？」安哥拉隨即跑過去問。

　　他們打量他一下，目光定在他的翅膀上。

「我是獸類。」安哥拉馬上説，「你們看，我

有  牙齒、毛髮，和你沒有兩樣。」

他的理據説服了他們，讓他們接受他。

「安哥拉這樣就能夠把鳥類、獸類的票都搶

過來。」翰修想。

照目前的情況看來，冠軍不是奈奈就是費林

明高。他們就像兩面高牆，難以超越。

但高牆不是沒有缺口——他們都有自己的限制，就是只能獲得同類支持。

這是安哥拉可以切入的地方，**擊潰敵人**。

「他可以對鳥類說他是鳥類，對獸類說他是獸類，左右逢源。」翰修想。

他的計劃看來進行得很順利，但……

傑黑望望翰修。

「總覺得翰修的計劃有什麼隱憂，是我杞人憂天嗎？」他心裏道。

8. 爆發醜聞

幾天後，奈奈在她的家舉辦舞會，邀請所有市民出席。

舞會在 **廣闊** 的花園舉行，大概可以容納二三百個賓客。奈奈聘請了一批樂手，演奏音樂；現場又有許多食物，給客人享用。

「搞這個舞會肯定 *所費不菲* 這等同 **賄賂** 了吧？」一看到這個場面，傑黑忍不住道。

旅人團跟安哥拉都去了舞會。

有錢人就是有優勢，可以**一擲千金**⚪⚪，收買人心。

當奈奈踏進花園時，大家都歡呼起來。

「你們玩得盡興，我就覺得開心。」奈奈說。

「**虛偽**。」傑黑說。

「你才虛偽！你朋友都虛偽！」小紅帽說。

「我的朋友就是你呀。」

「奈奈不見得能收買所有客人的心。」翰修拍一下安哥拉的手臂，「盡量去跟客人聊天，讓他們認識你。」他認為這也是安哥拉的機會，***打響名堂***，所以他們才會過來。

而懂得這一點的不只翰修。

「**是費林明高！**」一些賓客叫喊。

費林明高也帶着他的樂團，走進舞會。

奈奈、費林明高、安哥拉看看對方，聚集起來，寒暄幾句。

「你們的演出我都很喜歡。」安哥拉説。

「謝謝。」費林明高説，心裏想：「我才不用你肯定。」

「你的演出也很棒呀。——希望你們今晚玩得開開心心！」奈奈説，心裏想：「臭蝙蝠，臭紅鶴，居然來搶我鋒頭，快點滾蛋吧！」

奈奈、費林明高都**敵視**彼此，各懷鬼胎。只有安哥拉抱平常心，欣賞對方的才華。（費林明高沒錯很卑鄙，但確實有才能。）

他們在寒暄過後分開，各自活動。奈奈像穿**花蝴蝶**那樣，在賓客間穿梭，跟他們交際；費林明高與樂團則暫代現場的樂手，演唱娛賓。

翰修盯着費林明高、奈奈，加以**防範**——費林明高固然要注意，奈奈也不能忽略。

安哥拉碰見早幾天一起打排球的狗朋友，走去和他們談天。

談笑之間，忽然又見到幾個飛翔比賽時認識的雀鳥朋友。

「糟了！」他心裏道。

8. 爆發醜聞

鳥類、獸類的關係水火不容，這個時候雙方不能相見，否則安哥拉兩邊都討好的事就會穿幫，兩個族群都很有可能和他絕交了。

小紅帽、傑黑急忙跳出來，引開雀鳥朋友的**注意力**。

兩人假裝吵架，並大打出手。小紅帽愉快地痛揍傑黑。

「……」傑黑有苦說不出。

可幸 **皮肉之苦** 有回報，成功轉移雀鳥朋友的視線。

「我看到別的朋友，等一會再談。」安哥拉乘機對狗朋友說，藉詞離開。

他在溜到老遠後，才 **吁一口氣**。

「好險。」

「我們又見面了。」沒想到雀鳥朋友瞧見他，走過去和他打招呼。

「哈哈哈……」安哥拉 **強顏歡笑**，偷瞄有沒有狗朋友看到他們。

「在地面跳舞好無聊，不如到 *空中飛舞*？」他們提議道。

「飛起來嗎？……」安哥拉遲疑道，如果給狗朋友看見的話就麻煩了，「真不巧，我的腿扭到

了，暫時不能飛。」

「你的腿扭到跟飛行有什麼關係？」

「我聽到有人叫我，失陪了！」安哥拉**撒謊**道，急急跑掉。

「他的腿不是扭到嗎，怎麼走得那麼快？」

安哥拉衝向翰修，*找他求救*。

「怎麼辦才好？」

「只有立刻離開了──」翰修說。

話還沒有說完，狗朋友向他們走去。

「安哥拉！」

「安哥拉！」同一時間，雀鳥朋友也走近他們。

安哥拉望望兩個族群，**冷汗直流**。

雀鳥朋友、狗朋友發現彼此。

「你們是安哥拉的朋友？」雀鳥朋友問。

「對，他是我們的兄弟。」狗朋友說。

「他怎麼會是你們的兄弟？他是 **鳥類** 呀！」

「笑話，他是 **獸類** 好嗎？是他親口說的！」

「什麼？」

說到這裏，雙方瞪着安哥拉。

「怎麼辦才好？」他問翰修。

「你只能 **認命** 了。」

「吓──？」

結果安哥拉「偷雞不成蝕把米」，兩個族群都得罪了。

「**騙子！**」狗朋友說。

「**無恥！**」雀鳥朋友說。

他們氣沖沖的捨他而去。

94

8. 爆發醜聞

費林明高看在眼裏，把一個塘鵝記者拉過去。

「將這件事寫成報道。」他**瞪着**記者説。

「好、好的！」

費林明高看着安哥拉。

「我要做的事，從來不會做不到。」

過了一天，幾份報紙報道了那晚的事，説安哥拉「**見人説人話，見鬼説鬼話**」、「信用破產」、「為求勝利，不擇手段」。

在安哥拉的家裏，傑黑把一疊報紙丟在桌子上。

「安哥拉的聲望跌到了第八名。」

報道令安哥拉聲譽大損，支持率**急速下降**。

見人説人話，見鬼

　　「我的策略是**兩面刃**，一個不小心也會對

安哥拉造成傷害。」翰修説。

　　「你怎麼不早説？」傑黑嚷道。

　　「放心啦，翰修一定有方法，**挽救**事情。」

小紅帽説。

　　「我沒有。」翰修説。

「我就說嘛——吓,你沒有?」小紅帽連着椅子摔倒。

「沒有關係,事情很快就會被**淡忘**。」安哥拉笑道。

他沒有責怪翰修,但認為有必要調整宣傳的方法。

「這件事給我一個**啟發**,就是不要再做那些有的沒的。我應該**返璞歸真**,用音樂吸引大家。」他看一下翰修、小紅帽、傑黑,「所以我想返回起點,做街頭表演。」

翰修沒說什麼,只「**嗯**」了一聲。

於是安可拉又回到街頭,到處演唱。

9. 安哥拉是漁人

　　中午時分，安哥拉站在熱鬧的街道上，自彈自唱。

　　途人的反應不是太好，不是**竊竊私語**，就是以不屑的眼神看他。

　　「新聞出來以後，就是這樣。」大紅帽說。

　　「**情況很惡劣啊**。」傑黑說。

　　幾個婦人買完菜，回家做飯，一面聊天。

翰修醒起什麼:「我要去一趟街市。」說罷離開他們。

安哥拉的名聲 **一落千丈**,恐怕要輸了。

雖然如此,他仍然沒有放棄,努力表演。

不一會翰修從街市回來。

「你不是去買東西嗎?」小紅帽見他兩手空空,問他道。

「不是呀。」

「那你去街市幹嘛？」傑黑問。

「我是去 **搜集情報**。」翰修説。

剛剛他在婦人的對話裏聽到不得了的事。消息是從街市傳出來，於是他過去打聽詳情。

「有傳言説費林明高是 **暴力狂**，經常對伙伴動粗。」翰修對他們説，「有一次他甚至把一個伙伴打到 **重傷**，要送去醫院。這個傳言相信很快會傳得街知巷聞。」

「想不到費林明高是這種人。」安哥拉説。

「説實在，我沒有太意外。我之前學過看面相，他的臉一看就知道有問題。」傑黑翹手道。

「**馬後炮。**」小紅帽説。

翰修望向安哥拉。

「事情對你來說是好消息，你有機會翻身也

不一定。」

「啊？」安哥拉、小紅帽、傑黑搞不清楚狀

況，齊聲道。

不到一天，費林明高的 **醜聞** 就傳到報紙上。

費林明高拿起報紙檔上的一份報

紙，非常憤怒地把報紙擲向地下，

。

「這些事是怎樣傳出來？」

「費林明高真的是暴力

狂。」途人無不想。

另一方面，在奈奈的大宅。

「很好。」奈奈坐在豪華的椅子上，**翹嘴而笑**，放下報紙。

是她暗地裏放出消息，打擊費林明高。

「如此一來，冠軍就 **非我莫屬** 了。」她的心情大好，拍一拍手，命人準備牛奶沐浴，「下個禮拜就是比賽，得好好保養皮膚，以最佳狀態示人。」

又過了一天，報紙出現奈奈的醜聞。多份報紙報道她有 **浪費** 的惡習，像用牛奶浸浴、每季買近百件衣服，但大都不會穿。

「可惡！」奈奈坐在相同的座位，把報紙 **撕破**。

中傷她的是費林明高，那是他的反擊。

而翰修早已預見事情會有這樣的發展。

晚上，安哥拉 **毛遂自薦**，在一家餐廳駐唱。事前傑黑問他，是不是確定要做這件事。

「我怕那些食客會 **喝倒彩**。」

「一個歌手怎麼可以逃避觀眾？」但安哥拉說。

誰知道安哥拉沒有受到為難，可以順順利利地表演。

餐廳裏的食客都在談論奈奈或費林明高的新聞，安哥拉的事已經**成為**_過去_。

翰修、小紅帽、傑黑站在一角。

「奈奈那樣攻擊費林明高，他自然會反擊回去。」翰修對小紅帽、傑黑說，「結果自然是鷸蚌相爭，**漁人得利**——他們的新聞不但蓋過安哥拉的事，還令對方名氣受損。這讓安哥拉有機可乘，可以從絕境翻身。」

奈奈、費林明高相繼爆出醜聞，令他們人氣下跌，縮短他們跟安哥拉的差距。安哥拉因此重獲機會，爭奪冠軍。

最後會出現什麼賽果，也變得難以預料。

「其實你有沒有出手，令奈奈、費林明高互相 **抹黑**？」傑黑問翰修。

「我沒有。他們都是無恥之徒，就算我什麼都不做，他們也會想法子陷害對方，*自取滅亡*。」

餐廳內，食客專注地聽安哥拉唱歌，如癡如醉。

只要花點時間，大家就會發現安哥拉的 魅力 。

表演完畢後，安哥拉收拾東西離開。

「你好。」某人靠近他。

看看對方，竟是塘鵝記者。

「我想找你做專訪，不曉得你有沒有空？」

「做專訪？」安哥拉**訝異**道。

「沒問題，我是他的宣傳主任，到時會悉心打扮！」小紅帽説。

「主角不是你好不好？」傑黑説。

塘鵝記者竟然找安哥拉做訪問，**叫人意外**。

10. 敵人的最後手段

「是我把記者找過來。」回家後，翰修對安哥拉說。

翰修想為安哥拉洗刷污名，而塘鵝記者希望得到獨家故事，雙方一拍即合。

「但我可以說什麼？我的確說謊了，同時自認是鳥類、獸類，無可抵賴。」

「重點不是你有沒有說謊，而是你為什麼說

謊。」翰修說，教他怎樣做訪問，「你自小不是有 **身分認同** 問題嗎？這是個好機會，跟大家分享你的故事。因為你不曉得自己是誰，所以才會誤認身分，你應該說明這個因由。」

「你的意思是要安哥拉 **裝可憐**。」小紅帽說。

「博取同情嗎？確實是好主意。」傑黑說。

安哥拉一語不發。翰修的話有真有假，他的確對自己的身分感到 **迷惘**，但跟鳥類撒謊卻是翰修慫恿的。

翰修看出他的疑慮。

「你可能不是很同意我的話，但大致來說我沒有 **說謊**。」翰修說服他裝可憐，「如果你想贏。」

翰修再次搬出這個理由，安哥拉只能屈服。

池塘周記

記者：塘鵝

每周二更新

安哥拉自小有身分認同問題

安哥拉對自己的身分感到迷惘。小時候會給其他小取笑不倫不類、交不到朋友等。在二元市裏，不少動跟安哥拉一樣，有身分認同問題，像沒有毛髮的鱷魚

▶ 安哥拉在回想過去種種不快的經歷，像給其他小孩取笑不倫不類、交不到朋友等。

安哥拉的訪問在數天後刊出。他說了過去種種不快的經歷，像給其他小孩取笑 **不倫不類**、交不到朋友等。翰修相當滿意。

看看日子，離比賽只剩一星期。

縫了補丁的火腿熱氣球在天空飛翔，掛着直幡，寫着：二元之聲即將舉行，敬請留意！！

翰修、小紅帽、傑黑、安哥拉站在河堤上，眺望熱氣球遠去。

安哥拉 **百感交集**。

二元之聲即將舉行，敬請留意！！

110

「我們能做的準備工夫都做了，現在只有一件事要 提防 。」翰修說。

「什麼事呢？」安哥拉問。

「傑黑，你再說一遍投票的流程。」翰修說，事情與此有關。

「在表演結束後，所有觀眾拿出自己的門票投票，選出**最出色**的參賽者。」傑黑說。

門票印了八組參賽者的名字，只要把名字 圈 出 來 即可。之後工作人員會拿出投票箱，收集門票，並當場開箱點票，分出勝負。

「奈奈或費林明高可能會在中間動手腳，把門票換了。」翰修表示道。奈奈、費林明高有機會把圈了自己名字的 **假門票**，換上觀眾投票的真門票，以此取勝。

小紅帽沒有為奈奈辯護。在看到奈奈的所作所為後，她馬上 **劃清界線**。

「要是奈奈敢做這種事，我一定會給她好看！」小紅帽說，彷彿和奈奈結下了不共戴天之仇。

「你完全是從一個極端走到另一個極端。」傑黑說。

「但投票的過程 **眾目睽睽**，有辦法這樣造假嗎？」安哥拉有疑問。

「困難肯定有，但不是辦不到。」翰修答道，

112

「奈奈或費林明高可以收買部分工作人員，在點票前把整個投票箱 **換掉**，換上放了造假門票的假箱。」

只要事先準備一模一樣的投票箱，就可以 **偷天換日**。

「所以投票期間要打醒十二分精神，盯着投票箱，防止有人動手腳。」翰修告誡其他人。

翰修、小紅帽、傑黑盡了他們的力量，讓安哥拉跟奈奈、費林明高站在相同的 *起跑線* 上，一決勝負。

接下來只有看他的表現，能不能打動觀眾。

安哥拉拿起斑鳩琴，在河堤表演。

才撥了一下弦，一隻流氓似的鱷魚便走過來。

「他好像是來找麻煩。」小紅帽說，守在安哥拉前面。

鱷魚**氣勢十足**的逼近他們——

「加油。」他有點不好意思的說，想不到他是來支持安哥拉。

原來鱷魚看了安哥拉的訪問，很有**共鳴**。

在二元市裏，不少動物跟安哥拉一樣，有身分認同問題，像沒有毛髮的鱷魚、會飛的飛鼠、卵生的鴨嘴獸。他們因為曖昧的身分，吃了不少**苦頭**。

這些動物在看到安哥拉的報道後，紛紛成為他的支持者。因為他們覺得安哥拉很有親切感，

是他們的 同伴 。要知道，他們從來沒有什麼同

伴。

「希望你能得到第一。」鱷魚說。

「謝謝你。」安哥拉說。

傑黑望着鱷魚愉悅地離去。

「訪問發揮了作用呢。」

「這類動物 為數不多 ，就算有他們支

持，也影響不了大局。」翰修說。

「你總是那麼掃興。」小紅帽説。

「這叫 **客觀分析** 。」翰修説。

安哥拉淺淺一笑。

「你或者是對的。只是，對我來説，有一個歌迷喜歡我，跟有一千個歌迷一樣高興。」

他彈起斑鳩琴來。琴聲柔和悦耳，叫人**如沐春風**。

11. 看不見的詭計

「我這幾天要**閉關**。」二元之聲舉行前幾天，小紅帽說，把自己關在房間裏，不知要幹什麼。任傑黑、安哥拉怎樣叩門，她也不肯開門。

「我明明是屋主啊。」安哥拉說。

這段時間安哥拉跑到多個地方表演，幾乎沒有休息；傑黑、翰修則在街上派發他的傳單。

傑黑**熱情**的把單張塞在民眾手上，誇獎安哥

拉的優點。反觀翰修駐足不動什麼也沒有做。

「好累。」翰修說。

「請問你累什麼?」傑黑大喊。

到了比賽前一天,小紅帽終於出關。

「這是我的**精心傑作**。」她拿出一套表演服

飾,給安哥拉穿上。不是熱狗裝那類奇裝異服,

是正正經經的禮服。

安哥拉穿上禮服,盯着鏡中的自己。

「很好看,很有**明星風範**。」傑黑稱讚道。

安哥拉本來就是俊男，只要略為打扮就**光芒四射**，不輸「動物園」的成員。

「你覺得如何？」小紅帽問安哥拉。

他笑一笑。

「衣服很漂亮，謝謝你。」

明晚就是比賽，翰修、小紅帽、傑黑肩負監視的責任，防止奈奈或費林明高在投票時**作弊**；而安哥拉的工作是擊敗他們，奪得勝利。

「我希望可以有個**公平的比試**⚖，請你不要耍什麼手段，小翰。」安哥拉說，注視着他。

「你很懂翰修呢。」小紅帽說。

「果然是**老朋友**。」傑黑說。

翰修一副沒有辦法的表情。

「好啦，我應承你。」

　　比賽當晚，大帳篷一片鬧哄哄。多個販子趁機做生意，在眾群間穿插，叫賣小食。

　　帳篷外在五天前已有鳥獸出現，排隊買票。因為今年競爭很**激烈**，很多動物都想觀賞賽事。

　　帳篷有兩個門口，一前一後——前面是觀眾的出入口，後面是參賽者的；後方有塊空地，停了多輛馬車，給參賽者休息。

　　安哥拉坐在一輛馬車裏，垂着頭，斑鳩琴放在大腿上。他感到很緊張，腿也抖了。

　　翰修叫他放鬆。

　　「你像平時那樣表演就行了。」

　　「我給你買些吃的。吃東西可以**舒壓**。」小紅帽説，跳出了車廂。

另一邊廂，費林明高和他的樂隊在上空飛行。

「你們這些螻蟻不配得到冠軍。」他俯視地面的馬車，心裏道，「冠軍是我的！」

其中有一輛馬車特別精美，那是奈奈的車子。

奈奈很**淡定**，臉上敷着幾片青瓜，手腳給兩個按摩師按摩。

「感謝各位支持⋯⋯」她背誦着得獎感言。

她自信一定會贏，因為她有**萬全之策**。

11. 看不見的詭計

奈奈聘用了兩頭灰熊保鑣，一頭站了在馬車外，保護她的安全；而另一頭躲了在鄰近一片**樹叢**裏。他的手按着一個放在地上的投票箱。

就像翰修所預料，奈奈計劃調換投票箱，奪取冠軍。

「好想吃**蜜糖**。」灰熊保鑣想。奈奈要他在投票時把假投票箱送進帳篷調包，他等待得很無聊。

想着想着，他忽然嗅到蜜糖雞腿的**香氣**。

「唔？」他疑惑道。

接着小紅帽咬着一隻蜜糖雞腿，從樹上**躍下來**。不偏不倚正好落在假投票箱上。

「你在做什麼？」小紅帽用嘴巴撕一口雞肉，邊嚼邊問。

過了半晌，萬眾期待的比賽展開。

「請一號參賽者上場！」鴕鳥司儀、老鼠司儀爭相道。

參賽者照工作人員的指示，一個接一個，從帳篷後門進場。

在安哥拉的馬車裏，可以聽到觀眾的笑聲，想必舞台發生了糗事。

除了奈奈、費林明高外，其他參賽者都不足為患。

「小紅帽怎麼還沒有回來？」傑黑看出車窗。

「她買小食買得忘形了吧？」翰修説。

事實上小紅帽正在跟灰熊保鑣打鬥。

樹叢裏，灰熊保鑣大喝一聲，朝假投票箱上的小紅帽揮拳。

「給我滾下來，小鬼！」他們其實見過面，但他不認得她。

小紅帽慌忙跳起來，雙手抓着上頭一枝樹枝。重拳因此落在樹幹上，砰的一聲，竟轟出一道裂痕！

「他的蠻力也太強了吧？」小紅帽想，她被拳頭引起的震動震下來。

「你這種小鬼，不給你一點教訓不行！」灰熊保鑣立即上前，猛揮熊爪。

「吐！」但小紅帽隨機應變，吐出雞骨自保。

灰熊保鑣不得不把手提起來，抵擋雞骨。

「喝！」小紅帽立即間抽出一柄 大鐵錘，對他砸下去。

砰！

125

沒料到灰熊保鑣單手接住錘子，一點傷害也沒有！

小紅帽頭一次遇到這麼**強悍**的對手，抓着錘子，向後閃開。

「**哪裏逃！**」灰熊保鑣説，發足奔跑，作出追擊。灰熊看起來或許很笨重，但時速可以高達四十八公里，即一秒跑約十三米，快得不可思議。

他可以説是惡魔一般的敵人。

灰熊保鑣沒有半點**憐香惜玉**，把小紅帽

撞在樹上！她立時整個人軟倒，**滑到地上**。

「下次不要隨便招惹人。」灰熊保鑣傲然的俯視她。

「我就是喜歡招惹人！」小紅帽突然醒來，她只是裝死而已。她**揮錘**橫打，攻擊灰熊的頭部！

就算頭殼再硬，也受不了這樣的猛擊。灰熊保鑣即時應聲倒地。

「好麻……」小紅帽手也麻了，彷彿打到了**鐵板**。

她利用了裝死偷襲灰熊保鑣，把他擊倒。

碰見灰熊時裝死是沒有根據的建議，不要相信，否則**必死無疑**。

但也有例外的時候。

轉眼間比賽進行到尾聲，參賽者只剩下三組：奈奈、費林明高和安哥拉。場內氣氛也進入**高潮**。

奈奈跟伴舞者裝扮成劍客，表演史詩式歌舞劇。從服裝到道具都極盡**華麗**之能事，為觀眾獻上視覺、聽覺的盛宴。

「太棒了！」觀眾拍案叫絕。

費林明高的演出又是另一種震撼。他在舞台上中安裝了多枚煙花，在演唱時隨着音樂節拍爆發，教人**血脈沸騰**。

費林明高咧嘴而笑。

翰修、傑黑、安哥拉下了馬車，站立在帳篷外。

「他們都很厲害。」安哥拉說。

「你也不遜色。」翰修說。

傑黑**東張西望**。

「小紅帽到底跑到了哪裏？」

（小紅帽正捧着假投票箱，給另一頭灰熊保鑣追趕。）

傑黑不經意瞥見一隻兔子，抱着投票箱急忙跑過。他是負責收集選票的工作人員。

「**肚子好痛**，快忍不住了⋯⋯」那兔子一邊摀着肚子一邊跑。

傑黑感到**有可疑**，告訴翰修這件事。

「可能有誰對他下藥了，你去看一下。」翰修說。

於是傑黑提起腳步，尾隨兔子。

130

兔子找了個僻靜的地方，放下投票箱，匆匆跳進草叢裏。

「得救了……」

不一會果然有異狀，幾隻猛禽拿着假投票箱，走去交換真投票箱。

費林明高也密謀作弊，跟奈奈一樣卑劣。

「住手！」傑黑跑過去，正氣凜然道。

「怎麼了？」幾隻猛禽朝傑黑走去。

猛禽是最兇狠的鳥類，對方又人多勢眾，傑黑覺得自己魯莽了。

「我頂多可以對付一個敵人。」他呢喃道。實際上他一個也對付不了。

「我勸你立刻滾蛋，當自己什麼也沒看見。」那些猛禽說。

「不行！」但傑黑說，他不能回頭了。

「這是你**自作自受**，與人無尤！」對方大叫道，群起進攻。

傑黑鐵定打不贏他們，下場恐怕會很慘。

「只能賭一把了！」他掏出之前所吃的藥水，**灑向他們**。

「**你灑了什麼東西？**」

他們咆哮道。

隔了一秒。

「為什麼我會**淪落**到這個田地？」「明明我小時候的夢想是做大英雄⋯⋯」那些猛禽忽然感觸起來，**號啕大哭**，喪失戰鬥力。

傑黑的藥水本來就會令人情緒波動，加上已經過期了，效力變得更**強烈**。

傑黑成功智取敵人，而且這件事給他啟發，醫治他患的人狼症。

「之後我要翻書，確認我的想法。」傑黑一邊想，一邊掀開假投票箱檢查──

內裏放了一堆選票，幾乎全數投給費林明高；看看蓋子的投票口，下面裝有一層**暗格**，不細看的話是不會留意。

要是讓猛禽成功調換投票箱，點票時只會看到造假的選票；觀眾的選票則通通投進暗格，不

見天日。

傑黑用力把假投票箱 **砸破** ，望向帳篷的方向。

「加油，安哥拉。」

奈奈、費林明高的詭計相繼給小紅帽、傑黑

破壞 ，可以公平競爭了。

奈奈、費林明高的演出 **精彩絕倫** ，觀眾久久不能平復。

最後到安哥拉上場。

帳篷外，工作人員着安哥拉進場。安哥拉想了一下，脫掉小紅帽設計的禮服，露出平常的裝束。

「**我還是想做回自己** 。」他對翰修笑道。

翰修伸手搭他的肩膀。

「你會贏的。」

「謝謝你。」安哥拉說，鑽進帳篷。

翰修**若有所思**，繞到前門，欣賞安哥拉的演出。因為他是安哥拉的隨行人員，所以能進出自如。

他肯定安哥拉會贏，因為他**違反了諾言**，使用了手段去幫安哥拉取勝。

12. 音樂無界限

　　二元之聲的投票制度是這樣：由觀眾用門票投票，甄選優勝者。

　　仔細一想的話，就可以發現，**致勝之道**不是影響觀眾意欲，而是壟斷比賽門票。

　　若能掌握半數門票，分給某個參賽者的支持者，那即使他不是全市最受歡迎，也可以得勝。

　　翰修一早看到這個漏洞。為了幫助安哥拉，

他一方面給黃牛好處，讓黃牛在比賽當天買下 **半數** 門票，賣給安哥拉的歌迷（黃牛答應幫忙的其中一個條件是幫他買馬戲團門票。）；另一方面不斷尋找安哥拉的歌迷，對他們說可以向黃牛買票。

「現在有最少半數觀眾是安哥拉的歌迷，他**必勝無疑**。」翰修想。

安哥拉必然會說這樣 **勝之不武**，但翰修不管，他認為勝利比什麼都重要。

「翰修！」漫想之際，黃牛叫喚站在門口的他。

黃牛坐了在觀眾席最旁邊，他強行 **挪去** 一邊，騰出一點空位給翰修。

「謝啦。」翰修一屁股坐下來，問他分發門票的情況。

不料黃牛説：「我沒有把門票賣給安哥拉的歌迷。」

「**什麼？**」

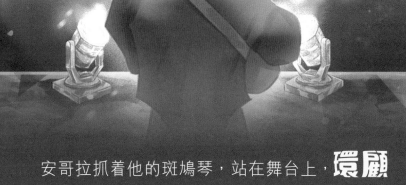

安哥拉抓着他的斑鳩琴，站在舞台上，**環顧**一眾觀眾。

腦袋憶起昔日唱歌的片段。成為歌手是他的夢想，如今只差一步就可以達成。

大部分觀眾的精神都不是很集中。要是黃牛把門票賣給安哥拉的歌迷，大概不會有這個狀況。

安哥拉吸一口氣，拿起斑鳩琴，彈撥琴弦。溫柔的琴聲慢慢注滿整個帳篷。

破壞翰修部署的黑手，其實就是安哥拉本人。是他叫黃牛如常出售門票，不要只賣給他的歌迷。

原來，較早時安哥拉無意中發現翰修偷偷的跟黃牛碰面，因而**識破**他的計謀。

「我不要以下三濫的手段勝出。我要憑實力取勝。」安哥拉一面彈斑鳩琴一面想。

所以安哥拉叫翰修不要**耍手段**，那時他已得知真相。只是翰修不予理會，於是他親自去

找黃牛，終止翰修的計謀。

安哥拉的琴聲在帳篷繚繞。群眾初時會低聲談話，發出細微的雜聲。但聲音**漸漸消失**，因為大家都給安哥拉的音樂吸引住。

只要花點時間，就會發現他的魅力。

過了一會，安哥拉開腔唱歌。歌聲、琴聲**互相交融**，極之舒服，令人聯想到夏天、嬉水、朋友，產生懷念的感覺。

翰修霎眼間回到那天的河堤上：

安哥拉淺淺一笑，彈起斑鳩琴來。琴聲**柔和悅耳**，叫人如沐春風。

望到河裏，見到一群男童、女童在嬉水。他們有鳥類、獸類，但一點**芥蒂**也沒有，無分彼此，玩得十分開心。

「哈哈哈哈……」

清脆 的笑聲、**冰涼** 的水珠、**和緩** 的琴

聲結合，妙不可言。

安哥拉的音樂把觀眾帶回孩提時代。那時他們眼裏沒有**鳥類**、**獸類**之分，誰都可以做朋友，一同玩耍。

不少動物深受觸動，**掉下淚來**。大伙兒再也沒有族群之分，為同一件事感動。

「安哥拉的決定是對的——做回自己，**以音樂打動人**，不做有的沒的。」翰修說。黃牛把一切告訴了他。

沒多久表演結束，全場觀眾**大力鼓掌**，鼓了十分鐘之久。

「謝謝。」安哥拉深深鞠躬。

接下來是投票時間，小紅帽、傑黑分別守在兔子兩側，護送他收集選票。翰修對他們**豎起**

拇指，表示做得好。

包括奈奈、費林明高、安哥拉等參賽者齊集在台上，等待點票，公布賽果。

「**冠軍一定是我的！**」奈奈、費林明高各自想。

這時觀眾不約而同高呼：「安哥拉！安哥拉！安哥拉！……」

「什麼？」費林明高驚訝地說。奈奈則氣得虎毛**全豎起來**。

安哥拉內心悸動不已，**眼角垂淚**。

他的音樂有種特別的**魔力**，或許有一天可以令鳥類、獸類團結，也不一定。

點票結果還沒有出來，翰修就走出帳篷。

「安哥拉鐵定會獲勝。」翰修想。

到頭來，這個月為安哥拉做的事，**沒有太大作用**。

翰修吃一顆草莓糖果。

「接下來要做回正事……」

其實，他不是特別愛草莓，喜歡草莓的，是歌麗德。

一個月前他跟傑黑、小紅帽抓住了罪犯豬兄弟，獲得可能跟歌麗德有關的線索。這三兄弟犯案纍纍，其中之一是抓了一批人，賣給一個財主做工人。

三兄弟表示，當中有個女孩讓他們印像很深——她非常喜歡草莓。

所以，接下來，旅人團便要出發，去那個財主的家。

一樹的小道消息

無名主角

一樹 ：這次歌唱比賽其實有個重要但不起眼的角色，跟安哥拉
共同進退。那就是他的斑鳩琴，現在請它跟大家說幾句
話吧。

斑鳩琴：……

一樹 ：斑鳩琴好像有點害羞，那麼由我代勞吧。斑鳩琴是一種
撥弦樂器，琴身是個淺鼓，並有條長頸。

斑鳩琴：……

一樹 ：最初斑鳩琴只有四根琴弦，後來發展出五至九根琴弦。
今天標準的斑鳩琴是五弦，這種樂器可以演奏不同類型
的音樂，不過較常在美國民歌或爵士樂團演出裏聽到。

安哥拉：你怎麼對我的斑鳩琴自言自語，像個傻瓜似的？

斑鳩琴

水煮蛋療傷

熱氣球失事後，大家的身體或者四肢都撞瘀了，你們知道我們怎樣療傷嗎？

那一晚我煮了幾顆水煮蛋，幫大家搓瘀青的地方，消除瘀血。

其實用水煮蛋消瘀不是太好。水煮蛋療法跟熱敷的原理相似，就是利用熱力加速血液循環，送走瘀血。不過受傷後立刻搓水煮蛋，可能會造成血管擴張，令瘀青更嚴重。最好的做法是先用冷敷減少出血，待情況穩定後才使用熱敷。

一樹

你說我做得不對嗎？那我在你身上製造瘀傷，做個實驗看看。

一樹

不、不用了……

作　　　者	一樹
責任編輯	周詩韵、鄧少茹
繪圖及美術設計	雅仁
封面設計	簡雋盈
出　　　版	明窗出版社
發　　　行	明報出版社有限公司
	香港柴灣嘉業街 18 號
	明報工業中心 A 座 15 樓
電　　　話	2595 3215
傳　　　真	2898 2646
網　　　址	http://books.mingpao.com/
電子郵箱	mpp@mingpao.com
版　　　次	二〇二〇年十月初版
I S B N	978-988-8687-28-2
承　　　印	美雅印刷製本有限公司